Dumm gebabbelt is glei

Copright by Wolfgang Käser

Herstellung und Verlag

BOD-Books on Demand,Norderstedt

ISBN 9783739211541

Inhaltsverzeichnis

Karl in de Oper	4
Moi REHA	12
Rentnerschdammdisch	23
Suveniers Suveniers	29
Oikaafsdaach	33
Erotik pur	37
Dumm geloffe	41
Unnerm Siegel der…	43
Dumm gebabbelt is glei	46
Gastbeitrag	49
De Löwemissionar	50
Zoff im Senioreheim	52
De Hochzischdaach	55
Uffm Fussballplatz	59
De Jamerlabbe	63
Am Fahkaadeaudomad	64
Zugaabe	70

De Karl in de Oper

Lang, lang hodder gsucht , de Karl. Dann hodder mol geguggt unner dem www.suchderänni.de un is findisch worre. Na ja, sie muss wohl a arg lang gsucht hawwe, sunschd werse ned grad uff de Karl kumme. Alla un wiese sich e bissel gekennt hänn, hot soi Bekanntschaft gemäänt, dem Karl deed e bissel Kuldur wohl ned schade. Sie hodden iwwerred, mit in die Oper zu kumme.

De Karl wa noch nie in so irgendwo was geweßt.

Am Schdammdisch hännsen dann gfroocht, wie des so wa in dere Oper. Ja un a iwwerhaubt wie des dann so is mit dere Fraa. De Karl nimmt erschd noch zwä drei Schluck, dann setzder soi wichdisches Gsicht uff un fangd a zu verzehle:

„Also erschdemol hawwisch mich gewunnerd, dass do so neimodischi Musik gschbielt werd. Do hod jo grad jeder des gschbielt, wasser gewollt hot. Moi Bekannti hot mich dann uffgeklärt, die Musigger missten jetz halt all erschdemol ihr Inschdrumente schdimme. Ich wääs ned, ws an denne Inschdrumende ned gschdimmd hot, awwer ich wollt mich ned blamiere un hab ned weider noochgfroocht.

Mir is glei uffgfalle, dass die Biehn viel klänner wa als wie bei de Helene Fischer. Die Kabell hot deswege im Keller hogge misse, mer hodse kaum gseh.

Ja un dann is uff ämol so alde Graukopp kumme, also so en Friedhofsblonde, der hot vielleicht en komische Kiddel aghabt, der wa hinne viel länger als wie vorne."

„Vielleicht wa de ganze Kerl ned hinne wie vorne, mer wääses halt ned," hot de Hannes gelacht, un dodebei erwardungsvoll in die Runde geguggt, ob die annere a lachen

„Jo", hod de Karl weiderverzehlt, „ des kann schun soi. Awwer die Leid hänn geklatscht wie verriggt, de alde Graue hodd sich umgedreht un middem Schdegge, denner in de Hand ghabt hot, gedroht. Sofort warense all muksmaiselschdill im Keller."

Ganz gschbannd hänn die Schdammdischbrieder zugheert. Vun denne wa a noch niemols änner in so ebbes. De Karl beschdelld sich noch e Bier un verzehlt weider. „Dann hodder plötzlich alle zwä

Händ hochgerisse un schlachadisch widder falle losse. Es is e rischdich höllisches Schbeggdaagel unner de Musigger ausgebroche. Der do vorne hod wie wild mid soim Schdogg rumgfuchdeld, soin Owwerkörwer hot Zuggunge gemacht, wie en zu ald worrener Rockmusiker. Un wie wilder der dann worre is, umso schneller hot die Kabell gschbielt. Un nooch fimpf Minudde hodds denne scheinbar gelangt un sie hänn äfach uffgeheerd zu schbiele. Die Leid sin dodruff faschd ausglippt un hänn geklatscht wie wahnsinnisch.

„Das war die Ouvertüre," – hod die wo do rechts newermer ghoggd hot, gemäänt. Vun mir aus !

Un dann is was ganz komisches bassiert, der Kerl middem Schdogg hod dem Geigeschbieler der wo do ganz vorne im Graawe ghockt hot, die Hand gewwe. Scheinbar hodder jetz erschdemol gemerkt, dasser den gekennt hot. Moi Bekanndi hodmer erklärt, des weer de erschde Geiger. Jo, hawwisch gedenkt, sowas ähnliches halt wie en Vorarweider.

De Graukopp do vorne wa jetz e bisssel friedlicher gschdimmt un die Musigger hänn a nimmi so laut gschbielt.

Dann is en Mann uff die Biehn kumme. Hoppla, en Fasnachder, hawwich mer gedenkt, weil der so komisch agezooche wa mid so emme ganz roode Koschdiem un weisse Schdrumphosse. Ja un was hod der Kerl gemacht ?"

De Karl lehnt sich zurigg, ganz schdolz, dassem die Annere mool zuheeren, nimmt en Schluck un is ganz vun sich begeischdert, weil die Brieder so gschbannde Gsichter gemacht hänn. Awwer dann verzehlder weider:

„Der arm Kerl hod mindeschdens fimpf Minudde verzweifelt nooch soiner Freundin gerufe, awwer des kenntmer jo, Fraue sin nie pinktlich. Geliebte wo bischtt Du ?... Geliebte wo bischd Du ?

Dann hodders uffgewwe un hod sich hinner en Busch ghoggd, der grad do rumgschdanne hot. De Beleichder is wahrscheinlcih e bissel oigschloofe gewessd, uff de Biehn do isses nämlich e bissel dunkler worre, den Kerl hinnerm Busch hodmer nimmi gseh.

Uff ämol is e zierlich Persönsche kumme, e Figur grad wie die Wildegger Herzbuwe. Newenanner! Odder wie de weibliche Rainer Calmund. Mid emme sehr weid gschniddene Klääd un emme noch viel,viel weider gschniddene un mehr als iwwermässisch gfillde Ausschnidd. So un jetz rooden emol, was sie gsunge hot ??? Owwers glaawen odder ned, die hod mid ennere ganz hohe Schdimm gsunge: Geliebder wo bischd Du ? Un des mindeschdens fuffzehmol. Un ich hab mich gewunnerd, dass der Kerl ned hinnerm Busch vorkumme is un a des Publigum kä bissl gholfe hot wie frier beim Kaschberletheader.

Zugewwe, moin Gschmagg wa des Drum vumme Weib a ned.

Dann isser hald doch noch kumme, weilem die Mussiger högschdwahrscheinlich gedroht hänn, sie deeden uffheere zu schbiele, wanner sich jetz ned endlich sehe losse deed. Un jetz heddener doch mol seh misse, was des fer enner vun emme elendische Heuchler wa. Geliebte, da bischt Du un sie hot begeischdert zurickgekrische Geliebter da bist Du!

So is des e paa Minudde hie un hergange, dann isses dem Mann middem Schdogg zuviel worre, er hod de Kabell verboode, weiderzuschbiele.Ab jetz isses e bisselche ruischer worre un ich bin oigepennt. Awwer en Schdoss in moi Ribbe henn mich uffschregge losse.

Uff de Biehn hän jetz e paa annere gsunge, dasse froh weeren, weil sich die Zwää gfunne hedden.

Dann wa Halbzeit. Mir sin nausgeloffe un hänn uns die Fiess verdrede. Gegeseidisch !!! Ich hab rischdich Dorschd ghat , deshalb hawwich moi Ellebooche ausgfahre un zwä Bier gholt. 12 Euro hod des gekoschd, a ich wolld doch ned die ganz Thek kaafe.

Moi Gnädische wolld awwer e Gläsel Sekt. Des heddse a glei saache kenne.

Glei nooch de Paus hänn die im Keller widder en Heidelärm gemacht, jeder hot gschbielt wasser gewollt hot bis dass der Schdockmensch widder kumme is. Sofort wa Ruh im Schdall.

Na ja, ich wills ned zu lang mache gell, awwer de Schluss muss ich Eich noch verzehle."

De Hannes määnt, des weer nix fer ihn, soi Fraa hedden irgendwannemol iwwerredd zum Vico Torriani mitzukumme, awwer des wa a ned so soi Ding .

De Karl verzehlt dann weider:

„Aus irgendemme Grund hod der Newebuhler dem annere Kerl, dem mid de Schdrumphosse e

Mordsmesser midde ins Herz gschdoche. Der is sofort dood umgfalle, hod awwer weidergsunge.

Die Dickmadam is uffgetaucht, hot des Mahlör gseh. Sofort hotse sich dann iwwer den singende Doode gschderzt und gekrische, sie deed sich jetz umbringe un hot dodebei dann a glei verrode, wo un wieses mache wolld, sie deht ins Wasser geh.

Un dann awwer wa hier die Hölle los, ugfehr hunnerdzwanzisch Leid Männlein un a Weiblein sin uff die Bien gerennd un hawwen immerwidder gsunge: Und un muss sie ertrinken - und nun muss sie ertrinken. Ich glab des missen alles Nichtschwimmer gewese soi, känner is dere Fraa hinnenoochgschbrunge un hotse dann versucht zu redde.

Denne im Keller hots jetz gelangt, plötzlich muss änner Feierowend gekrische hawwe un die hänn schlachardisch uffgeheeert.

Ich wa so verschrogge, dass es uff ämol so ruisch wa, awwer dann hänn die Leid um mich rum wie wild geklatscht."

Un wie de Karl gemerkt hot, dassem die annere so arg uffmerksam an seine nasse Libbe hänge duun, setzter noch änner hinnedruff:

„Un wissener was" ? hodder jetz lauter geprahlt, „in de erschde Reih hänn lauder Glatzköpp ghockt"

Genüsslich leggd de Karl noch e Paus oi un dann kummt des, uff des wo de Karl gewaad hot.

„Wieso blos jetz dann des?" froocht dann wirklich änner vum Schdammdisch.

Un unsern Held lacht selbschd am lautscht debei, wie er seggt:

„Damit die mit bloss ääme Arm besser klatsche kennen."

Noochdem am Disch schallend gelacht worre is, froocht doch de Knagges :

„ Ja un die Fraa, Doi Bekanndi, määnschd die laad Dich nochemol zu was oi"?

„ Nä", seggt de Karl e bissel verschämd, e anneri Freundin muss ich mer jetz a widder suche ."

Moi REHA

Nochdem se mer e neii Herzklapp oigsetzt hänn, hawwich glei in die REHA Aschdald gemisst.Ich wa noch niemols in so irgendebbes un hab sowas vun nix gewisst wie des geht.

Die erschde Worde vun dere Fraa am Empfang waren : „Desdo is Ihrn Zimmerschlissel, passense gud druff uff"

Des wa also wohl dann sozusaache moi erschdes Schlisselerlebnis in dere Aschdald, wo ich moi negschde drei Woche rehabilidierd werre soll. Wer schunemool in sowas wa, der odder die kennt sich dann schun guud aus_ mit Behandlungsplän, Raumbelegung, Arzttermine un wassses do noch alles gibt. Un a vun A bis ZET en seidedicke „Zurechtfindungswegweiser „

Bei C wie Cafe schdeht, dass sich des im fimpfde Schdogg befinne deed, mer kennd dort allerlei Leggeres vertilge, a Bier un Woi, obwohl unner A widerum schdeht, dass doch in dem ganze Haus Alkoholverbood is. Do hod widder mol des C ned gewisst, was des A duud.

Am erschde Daach glei morgend griggdmer so e Therapiekaad. Also bei de Bundeswehr hääst des

Daachesbefehl. Jeder Insasse hod die Pflischd, sich zwa ned schätze zu losse, schdaddesse awwer zu wiege . Des Ergebnis hodmer in e Lischde oitraache misse, die scheint awwer känn Mensch indressiert zu hawwe, ich un noch e paa annere Leid, hänn jeden Daach mindeschdens 5 Kilo zu – odder abgenume.

In emme Fahschduhl dort isses jo meischdens maischeschdill, jeder guggd schdur vor sch hie un saacht nix. Annerschder in de Reha. Do verzehlt jeder, obs wisse willschd odder ned, wie schlecht dasses em geh deed, dass de Blutdruck zu hoch weer , die Mandle gschwolle unsoweider..

Awwer weh, wanns zum Esse geht.. Schun zeh Minudde vorher schdehn die Leid vor de Dier un tramble vun äm Bä uffs annere, wie sunschd blos wammer rabble muss.

Do wo ich jetz wa, hots zwä Schbeisesääl gewwe. Änner fer die Allesfresser un dann de anner fer die Schonkoschdler. „Reduktionskoschtgänger" hot des so ganz offiziell gehääse. Also nur fer die Diabedigger, Vegetarier un annere Nichtreligiöse. Awwer a doo kannmer unner drei Menüs wähle. Leider ned nochenanner, sunschd deedtmer jo satt werre.

Die Dischnummer werd zugedääld. Fortan is mer sich unnernanner ausgeliffert. Do missen dreimol täglich mit mir zwar ned alle auseme gleiche Schisselche , jedoch am gleiche Disch esse, die sich afänglich garned un nooch drei Daach grundsätzlich nimmi möge duun. Zum Beischbiel die Äänt, die immer ihr Kalorielischd rausgholt hot un alles noochgeguggt hot, bevor se sich was uff de Deller geleggt hot. (gell Dreimol „hot" is schlechtes Deitsch, awwer sis ned annerschd gange)

Newer mir hod en Mann gsesse, en klore Kerl mid emme neie Knie. Der arme Deiwel hod dauernd Hunger , wa awwer uff Diät un hot halt noch sehr schlecht laafe gekennt.

Do bin ich als niwwer in de annere Saal , hab uffen Deller drei Scheiwe Schinke und zwä Scheiwe Grieweworschd druffgeleggt un owweedruff mid emme annere Deller zugedeggt. Drei Daach isses gud gange, dann hänse mich verwischt.

 Bevor die Awendunge dann afangen, wird man zur Ärztin gebeten. Die Gute schdammde wie a e paa Schwesdere aus Länder, die wo e paar tausend Kilomeder vun uns im Oste liggen.

„Bitte Oberkörper freimachen" Jetz awwer war . endwedder ihr Hörgerät wa kapputt, odder ich hab halt falsch gschnauft. „ Drehen um zu mir" .

A bei de Awendunge kummen indressande Leid. Zum Hockerträning is änni kumme, sowas an die achtzisch, runnergschmingt uff fimpfesiebzisch , hochgschdeggdes rodes Hoor, owedrufff e Drum vun so ännere Sunnebrill Marke ALDI-Zolando un e belzbesetztes Halbjäckelche. La grande dame högschdpersönlich. A fer de Schborttherapeut en Horror. Beim Ergomeder rächter sich, indem er die Wattzahl bei ihr höher oischdellt. Madame hot aussem ganze Fell gschwitzt, ihr Maskerade hot sich ganz verflissischt. Also mir allminanner hännse hinnenooch nimmi gseh.

Am dridde Daach werremer endlich vum Chefarzt herzlich willkommen gehääse. Reine Routine. Wahrscheinlich hodder während dem Vortag die Leid gezehlt un soin Verdienscht hochgerechent.

Des hier, hodder verzehlt, wär kä Fango-Tango-Kur sondern e REHA. Es gäb kä Danzowende odder sowas, höchschdens mol en Noochmiddach mid emme Volksmusikduo oder a en Vordraach iwwer Mecklenburg-Vorpommern.

Un ämol in de Woch findschd uff Doine Schdubb en Zeddel, do wo druffschdeht, Du sollschd drin bleiwe, bis dass de Arzt kumme duud. Des kann dauere ! Un isses endlich soweit, isser ratz fatz widder drauß. Ich glaab, der hed ganed gemergt, wann ich ned dogewese weer. Ämol kummt a de Chefarzt. Der verzehlt dann , dasses em guudgeht, dass die gsamte Ärzteschaft mit mir un dem Heilungsverlauf a sehr zufriede sei un wann ich Schmerze hett, weer des ganz normal un die Kollegin deed dann halt noch was verschreiwe, wann ich ebbes brauche deed, nadierlich mit ergänzende Medigamente. Mich selwer hodder iwwerhaupt ned zu Wort kumme losse Immerhie wa ich jetz bei 12 Tabledde un zwanzich Drobbe täglich agelangt.

Des schennschde Trääning is dann a werklich des Terräänträäning. Mer kann des a Freigang nenne Do werschd Du dann a ganz langsam widder an den Bewegungsablauf im Freie herangfiert. Un wiemer serschdemol allä nausgedirft hänn, wa doch e bissel Angschd debei.

Langweilich was bei der Entschbannungstherapie. Aache zu, klänner Finger hie un her bewege, Fauscht langsam schliesse un widder öffne. Mir

Männer sin dodebei oigschloofe un a ganimmi hiegange.

Besuchszeit is dann meischdens owends un an de Wocheende. Die Erwartdungsfrohe sitzen dann in de Oigangshall. Erscheint dann die Fraa odder de Unkl Herbert, setzense sofort e Leidensgsicht uff un begriessen ihrn Besuch mit „Ach, frooch ned, wiemers geht" Nadierlich werrense dann genau des gfroocht. Ganz glücklich werd dann Auskunft gewwe iwwer soin Blutdruck, die Zuggerwerde, Schduhlgang un wie oft mer rabble muss. Un ned ohne Hieweis, dass sich de Herr Proffesser viel Zeit ausgerechent fer ihn odder sie genumme hot, weil doch soi Krankheit so komplizert sei.

Annere widerum frään sich echt, ihrn Besuch zu sehe. Küssche hier, Küssche da, „Kommt, ich zeig Euch mein Zimmer". Un viel Grüsse a vun Dande Käthe. Misstrauisch froochen die Erbberechdigde: „Wer is Dante Käthe?"

Die Schwoowe hawwen fer ihrn Besuch e ganz besondere Variande uff Lager: „ A, ich deed Eich jo gern ae Tass Kaffee abiede, awwer do owwe is alles besetzt"

Moi Fraa hot mich mol agehändiet, sie wollt emol kumme. „ Och, hawwich gsaat, wanns sich ganed vermeide losst, dann kumm halt".

In jedem Zimmer gibt's noch e Klappbett. Domit kä nächtliche Zimmerwanderunge entschdehn, is des Klappbett verschlosse. Des Klappbett hääst Klappbett, weil mers uff un zu klappe kann, wann emol die Ehefraa odder a de Ehemann zu Bsuch kummt. Ob weidere Vorhabe a klappen, entzieht sich moiner Kenntnis.

Beim Frieschdigg verzehlt die Fraa Meyer mit Ypsilon in emme solche Bett hedd ihrn Mann gud gschloofe. Swär a weider nix bassiert, wer schläft, der sündischd halt nicht. „Schdimmt Fraa Meyer, awwer wer sündischd, schläft nicht"

Beim Vordraach iwwer „Narbenpflege" seh ich ihn widder. Täglich laafder mir iwwer de Weg. Er sieht jedsmol un schdets gleich aus: Leicht verwirrdes, schbeggischglänzendes Schdruwwel-Hoor, grämlicher Gesichtsausdruck. Guud, mid emme Träningsazuch kammer auskumme, ned awwer mit blos äm Tischört. Eigentlich isses ga kä Schört, es is grienlich gebliemt un sieht ehr nooch emme Schloofazuchowwerdääl aus. Nooch fimpf Daach denk ich, dasser vielleicht mehrere vun denne Dinger hot. So e Sonderagebot Fimpf Schdigg zu 2 Euro neuneneunzisch. Ich hab mich dann mol a newer ihn gschdellt: Des Ding is werklich blos e Änzelschdigg! Kä Wunner, dass er bei de Gymnaschdig, beim Esse so wennich Leid in soiner Neeh ghabt hod. Irgenänner hot dann emol zu em gsaat, die Dusch in soim Zimmer kenntmer a benutze.

Abrobos Narbenpflege: Mir lernen, dass mer die Narbe seitlich mid de (eigene) Finger massiert un niemols mit Kosmedig behannelt werre sollen. Sämtliche in denne schäne Regale befindliche diesbezieglich Cremes soll mer dort losse. Sie dienen blos dem Verdienscht vum Herschdeller.

Schunnemol e 25 Meder Renne uff Krigge gseh? Noch niemols? Dann muschd zum Middachesse kumme. Kaum is die rot digge Kordel, also des Zielband entfernt worre un schun geht's los. Mir bedauernswerde Herzkranke hawwen do absolut kä Chance. Obwohl jo en Jeder soin Platz hod, määnen e paa, sie kämen zu korz. Des liggt do dra, dass sich all die Zwäbeiner am Büffee bediene derfen, die mid denne Krigge werren dodegege bedient. Ich wa de Änzisch vun de Herkranke, der wo bedient worre is. Warum un wieso? Ich habmer vum Hausmeeschder zwää Krigge ausgeliehe.

Fer moin Disch-Schräg-Gegeniwwer muss ich noch e paa Worde verwende. Also die erschde pa Daach werder vumme Zivi per Rollschduhl zum Disch gebrocht. Sofort erklärt er uns, er habe Schmerzen in de Fiess, e Boil am Kopp un was wääs ich noch alles. Scheinba, hodder verzehlt, heddmern während de Operation falle losse. Nooch zwää Daach hodder känn Rollschduhl mer ghat, de Zivi weer ned immer pinktlich. Im Lauf vun dere Zeit erfahren mir dann, er weer en pensionierde Marktforscher, Reservemajor un uff e weideri Reservelaufbahn hoffend, weiler doch Rageedeschbezialischt gewese wa, Ausbilder un Verkaufsschdradeege do un do. Leider deeder dem unadliche Dääl soiner Familie agehöre un hed deswege a kä Priviliege, ausserdem hedder vor korzem soi privde Fluglinie uffgewwe un jetz die allerschwerschd Herzoperation hinner sich un vier Daach hedder im Koma gelegge. Nadierlich sei er vum Professer högschtpersönlich operiert worre, sowas kennt doch en normale Dokder ned mache. Wammer des alles zusammezehlt, was der schun gemacht hot, so wie ers verzehlt, missder so um die faschd hunnerdsiwweneverzisch Johr alt soi. Nadierlich hedd soi Fraa e Dankeskaad mid emme Blummeschdrauß an den Herrn Proffesser gschiggt. Ausserdem beschdimmt er jetz, alle am Disch deeden sich mit DU oredde un er deed sich des verbiede.

Moin Dischnochber zolldem Reschbeggt vor solch ännere grosse Persönlichkeit, die es sich ned nemme losse deed, mit uns gewähnliche Leid an ääm Disch zu sitze.

Ordnung sei ned blos des halwe sondern des ganze Lewe. „Na ja, dann hawwisch jo Recht mit moiner Oischätzung", e bissl schdichle wird mer jo derfe, „ ich denk mer halt des so, Sie leggen newe Ihrn Bildschirm glei drei Bleischdifde verschiedener Schdärke, mit agschbitzdee 1,2, 1,5 un soga 1,9 Milimeder, im Fall, das Ihne mol die Taschdadur ausfalle duud."

Im Foye werren Verkaafsschdänd uffgebaut. Do kannschd, wannde willschd, allerhand kaafe. Die Schmuggverkäuferin hot sich awwer beklaacht.

„Mer merkt, dass des kä rischdische Kurklinik is, in Bad Sowieso kaafen die Männer wie verrigt, mit Ausnahm an de Wocheende, do kummen die eigene Ehefraue.

So korz nooch siwwe klingelt doch moi Telefon: „Sie haben nun aber vergessen Blutentnahme. Kommen Sie sofort!" Hab ich doch tatsächlich, awwer absichtlich. Moi Blut geheert mir! Nitzt awwer nix. Sie hod mich trotzdem abgezapft. Un sich debei gerächt!

Ja un wie ich dann endlich so nooch faschd drei Woche widder bei mir dehääm wa, hawwisch serschdemol gemerkt, wie schää des do dehääm is.

Rentnerschdammdisch

Do hännse widder zammeghockt im Schbortheim am Rentnerschdammdisch. So morgens meischd so gege zehne, halwerelfe drudlense oi.

Des Schbortheim is a jetz grad noch die äänzisch Werdschaft, die wo ned erschd owends uffmacht.

So siwwe bis elfehalb Mannsleid sin immer do. Elfehalb weil do änner debei is, der is blos enmederfuffzisch. Un des is de Halb. Des is soin Utzname. Jetz isses jo so, dass bei denne ebbes zu kläägerodene Mensche besonders ehrgeizisch un manchemol a e bissel arg gifdische sin. Ned so de Halb. Nadierlich isser schun immer mol gehänselt worre un werds heit manchjmol a noch. Wann zum Beischbiel ebbes uff de Bode fallt, saachense als, „Halb, bick Dich, Du hoschts ned soweit ".

So Schdammdische gibt's jo heidzudaach in de Schdadt kaum noch, hegschdens in de Vororde. Uffem Dorf sins schun mehr, wann iwwerhaubt noch e Werdschaft daachsiwwer uff hot.

Alla, do hennse zammeghoggt uff ämol geht die Dier uff un wer kummt eroi ? De Schnorrer. Der hääst mit wirklichem Name ganz annerschder, awwer weiler als geizisch verschrie is, hodder den Name griggt,

„Ach Gott Schnorrer was machschden jetz Du do? Bischt krank gschriwwe?"

„Nää, ich bin seid heit in Rente !"

„Jo, do wird sich Doi Fraa awwer frääe gell ?"

Die annere lachen , weilse genau wissen, dass em Schnorrer soi Fraa froh wa, wannsen als ned gsehe hot.

„Ja, dere werr ich jetz mol rischdisch Ordnung in ihrn Haushalt bringe"

„Die wird sich grad vun Dir was saache losse, Du laafschdere jo blos im Weg rum. Un bischd jetz froh, dass de geh gederft hoscht?"

„Was glaawenern ,wie ugern moin Chef mich hot gehlosse. Ach Gott, hodder gsaat, was sollemer dann ohne Sie mache? Un behalde Se blos emol noch ihrn Schlissel, mer wääs jo nie, gell? Am beschde, mir rufen Sie glei a. wammer mol nimmi weiderwisse duun." Un dodebei hodder noch so e wischdisches Gsicht gemacht, dassem die annere beinoh geglaabt hedden. Awwer ewe blos beinoh. Die hänn genau gewisst, dasser nie un mimmer was zu saache ghatt hot in dem Betrieb. Un owwer a noch was gschenkt griggd hed vun soine liewe Kollege zum Abschied.

„Nää. Die Geizkräg henn neddemol gsammelt, sie weren halt all so knapp dra, hännse gemäänt"

„Jo, dodefor derfschd jetz e Runde ausgewwe, als Oischdand sozusaache"

„Ach Gott un ausgerechnet jetz hawwisch grad kä Geld oigschdegge."

So is des noch e Weil hie un hergange. De Halb hot soim Nochba in die Seit gschdumpt un hot laut gsaat:

„Gell Leid, die neggschde Woche muss jeder vun uns zwää Euro in die Kass schmeisse, fer unsern Summerausfluch. Was issn, Schnoorer, fahrschd a mid?"

„Ich glaab ned, mir geht's jo gsundheidlich ned so guud".

„Hoschd widder emol die Geizeridis", hot änner gemäänt" Des Thema Schnorrer un Geiz wa einschtweilisch dodemit erledischt. Mer hod sich jetz annere lohnende Theme zugewendet. Die erschd Mannschft schbielt jo am Sunndaach dehääm. Des is immer e Thema, ob dehääm odder auswärts.

„Der missd halt emol de Schneider uff halblinks schdelle, do hed der viel mehr Wirgung"

„Halblinks gibt's doch ganimmi, des hääst doch jetz dobbelsechs odder so ähnlich"

„Jo, mer blickt jo kaum noch durch bei denne viele Takdigge. Frier, jo frier , do hämmer genau gewisst, mir schbielen erschd nuffzus un dann nunnerzuus. Was die do heid a schbielen, a do bliggt doch känner mehr durch"

„Habders gelese in de geschdrische BILD? A de Hitler hedd blos en Hode ghatt"

„Muschd ned alles glaawe, was die all schreiwen, vun denne junge Schurnalischde wa doch domols noch ga känner uff de Welt"

„Dem Blemmerer soi Witwe soll a widder Änner hawwe. Un ball fuffzeh Johr jinger soll der soi, denkemol. Do sehder mol, des schdimmt dann doch mid der alde Scheier"

„Wann des ihrn Alde wisst, a ich wääs ganed, was der mit dere mache deed"

„Jo, die hots jo wie mer verzehlt schun frier ned so genau genumme"

Mer sieht, wie de Halb schdillvergniegt in sich noi grinst.

E Weil schbeeder e neies Thema un dodebei werd kräfdisch dischbediert. De Heiner klaacht:

„Ich muss heid frier hääm. Moine Fraa geht's ned gudd. Die hodds im Maache"

„Sollse hald ned soviel fresse"

„Hald Doi Gosch, moi Fraa is vielleicht es bissel dick, awwer Du bischd blöd. De Vordääl: Moi Fraa kann abnemme, awwer Du, Du werschd so lebdaach nimmi ned gscheider"

„A Du bischd a ned viel gscheider, am beschde, Du gingschd emol zum Zichiader"

„Was sollen dann des glei soi, määnschd wohl en Psychiader, Neddemol des wääscht Dabbschädl !

„Jetz halden awwer emol die Gosch Ihr Zwää, wanner immer dischbediere misst. Ich geh jetz hääm."

So is des noch e ganzi Weil hie un hergange. Heit wa jo ausnahmsweis emol fascht alles friedlich, manchesmol wird awwer dischbediert uff Deiwel kumm raus. Äänisch ismer sich immer blos dann, wammer sich äänisch is, dass mer kä dumm Zeig verzehlt un ned so traatscht wie die Weiwerleid.

Männer traatschen ned, die babblen blos !

Suweniers Suweniers

Weiwerschdammdisch im Eiskaffee. Gschwätzt wird. Gschnäägd wird. Gsüfflet wird. Gebabbeld wird. Wie immer hald un doch e bissel annerschd.

Die Willeburgs Emma kummt so wie immer zu schbeed, is awwer heid ganz uffgeregt.

„Schdelld Eich emol vor, die Hermin, Ihr wisst jo, die vun de Redmanns mit ihrm Baurehof, die is vorsch Woch vum Urlaub zuriggkumme".

„A wo isse dann gewesst, ich habse schun lang nimmi gseh" hot die Uschi gfroocht.

„Die wa in de DOMREP, wo die des Geld dodezu här ghat hott, möchte ich a mol wisse. Ja un vun dort hotse sich e Adenke mitgebrocht, e Suvenir. Awwer kä so e Meeresmuschel odder sowas, was ganz anneres."

Die Annere hänn jetz ihr Ohre gschbitzt un die Gredel hod soga zu kaue vergesse.

„Schdelld Eich emol vor, so en Laver hotse sich geangelt".

„De Lafer wa in den Domenikanische Republik"?

„Der doch net, En Laver hawisch gsaat, so en junge Kerl. So rischdisch aussem Ladinum. Die schoiheilisch Madam, sunschd duudse immer so als wannse absolut kä Wässerle triewe kennt Kerchebläddel ausdraache duudse jo a noch un alleweil ruftse noochm Herrgott."

„Normalerweis sieht die aus wies lewendische Leide, als wie wannse kä Wässerle driewe kennt"

„Also die muss uff ämol mannsgeil worre soi, bevorse noch ganzvoll oidroggnt" hot die Emma weiderverzehlt, „die is jo rischdisch uffgeblieht".

„Wie die des wohl gemacht hot, ach Gott ach Gott, wann ich mer des vorschdell. Nä, nä, mir kummt känner mehr ins Haus", seggts Lottche

„Duu Du blos ned so schoiheilisch. Awwer misch dehts jo doch indressiere, wiese sich den geangelt hot", sinniert die Gredel

„Vielleicht hotse wie so e junges Ding en knabbe Bikini aghatt odder mid Geldschoi gewedelt."

„Des glawisch ned, do laafen doch genuch junge Dinger rum, wie ald isn der Kerl?"

Die Emma, sie is jetz ganz im Middelpunkt, un des geniesst se nadierlich:

„Na ja so ugfeer um die fimpfedreissisch. Des sin jo dann faschd dreissisch Johr Unnerschied, so en Gaschdarweider des losss ich mer gfalle. Awwer genau jetz, wose so en Drabbel uff ihrm Hof hot"

Ma muss wisse, die Witwe Hermine hod nämlich en grosse Baurehof mit em Haufe voll Gemies, Obst unsoweider.

„Un jetzz is dort de Krieg ausgebroche, verzehlt die Hermine weider, „weil die Frieda aus de Clemensschdroos Kardoffel kaafe gange is. Un wiese grad von de Dochder, Ihr wissen jo, die Kati, bedient worre is, hotse den junge Kerl iwwer de Hof laafe seh. Nadierlich hot die Frieda gfroocht, wer des is, der mid de lange ölische Hoor, der ausseh deed wie en Flichtling. Die Kati hot blos gelacht un hot gemäänt, des weer des Suwenier, des wo sich ihr Mudder aussem Urlaub midgebrocht het. Un die Frieda schdaund ned schlecht wie se dann sieht, dass der Kerl mit de Hermine händschehaldend iwwer de Hof laafe duud. Awwer die Frieda sieht a noch, wie der Kerl immer vun de Kati kää Aache losst. Un die guggt a ned grad abgeneigt zu Do kenndener Eich jetz vorschdelle, was do fer e Gezeeder zwische de Mudder un de Dochder herrsche duud. Guud fers

Gschäft is des a ned, wann do so en gelaggde Jingling rumlaafe duud. Ich bin emol gschbannt, in verzeh Daach is Kerwe, ob die Hermine dort mid dem ufftaucht."

„Ooch", määnd die Traudl, die bisher noch nix dezu gsaacht ghabt hot, „ ooch, ich geönnere des, obwohl so en Aldersunnerschied , ich wääs net- ich wääs net, hofffentlich hodse sich do ned verkalgiliert". Un jetz fangts Traudel a zu drääme: „Mer misst jo schunnemol wisse, was soänner fer Qualidääde hot. „

„Deetschds gern genau wisse", grinst die Gredel.

Un zum Schluss meld sich noch die Paula, die nimmi so ganz guud heere duud: „Die hed doch a de Kleiermanns Peder nemme kenne, der is doch middere in die Schul gange un jetz a schun e paa Johr allää dehääm un vum Aggerbau vershdehder a was"

Die Annere am Disch grinsen midleidisch, rufen nooch de Bedienung un gehen nooch un nooch hääm. Sgibt doch nix schänneres als wie en Schdammdisch!

Oikaafsdaach

„Hör mol, mir missen heid oikaafe geh",seggt die Klara zu ihrm Männel, der sich beim Frieschdigg mol widder hinner de Zeidung verschdeggelt. Un wann der „Männel" was ned leide kann, dann isses des, wanner beim Zeidungslese gschdeert werd. Un wann schun, dann a erschdrecht ned bei soim geliebde Schbortdääl. „Ei gewiddel, kannschd neddemol sMaul halde, jetz hoscht mich widder ganz rausgebrocht." De Klara wars egal, die war schun faschd draus un hot des Gejammer ganimmi gheert. Wie ieblich schreibtse noch so e paa Sache uff ihrn Oikaafszeddel, kummt widder roi un froocht: „Was willschden esse heidowend?" „Des is doch zum Hoor rausreise", wettert de Männel.

„Do hoscht jo nimmi viel zu duu, mid Doine jetz schun halwe Glatz. Mach, dass ferdisch werschd, noochher sin die Sonderageboode weg."

Also machen sich die Zwää uff de Weg. Wie meischdens faschd immer, hod sie mol widder gewunne. Was sollern sunschd a mache, wanner ned schburd, mauldse de ganze Daach rum. De Paakplatz is widder mol iwwerfillt. „Loss mich mol rauß, Du kannschd jo noochkumme."

Wiese drauß wa, hotse gemergt, dasse känn Euro fer de Wache hot. Also hotse halt gewaad bis de Männel kummt. Der hot sich awwer Zeit gelosst. „A guggemol doo, de Klemmerer, hoscht a mid gemissd gell. - Hoschts gseh geschdern im Fernseh, die hänn widder en Mischd zammegschbielt, do kammer ganimmi zugugge" De Heiner hot nadierlich a soin Senf dezugewwe un so hots hald e bissel gedauert, bis de Männel bei de Klara akumme is. „Hoscht widder mol känn Euro?" hodder schoiheilich gfroocht un dodebei in sich noigegrinst. De Männel hotse laafe losse un hot sich erschd in de Gang verdriggt, wos des Werkzeig gewwe hot. Un so hodder sich die Zeit verdriwwe, bissesem des zu lang worre is. „Wo bleibschd dann", hodder die Klara agemault, wie er se entdeckt ghatt hot.

„A ich hab doch nochmol zurick gemisst zu de Marmelad."

„Dass Der Du net merke kannschd, wo des Zeigs schdeht, Du kummschd doch faschd jeden Daach doo roi".

So is des dauernd hie un hergange bis de Männel gsaat hot: „Jetz langtmers awwer werklich mool, mach dass an die Kass kummschd!"

„A ich muss nochemol iwwerlegge, ob ich ned ebbes vergesse hab".

„Dann gugg doch emol uff Doin Zeddel:"

„Den hawwisch vergesse, weil Du so gedrängelt hoscht"

„Ich soll gedrängelt hawwe, ich wolld jo ganed oikaafe, so jetz nix wie an die Kass"

Do wa e langi Schlang vun mindeschdens siwwe Oikaafswägge. Wie se grad korz vorem Ladeband waren, kummd so e weiblichi Schdimm aussem Lautschbrecher:

„Verehrte Kunden, wir öffnen Kasse 4 „

Obwohl soi Fraa schun zwä Adiggel in de Händ ghatt hot, ummse uffs Band zu legge, schnabbt sich de Männel den Wache un will domit an die iwwerneggschd Kass. Des wollen anner awwer a un zwa die ausem annere Gang. Un schun hots gerumpst.

„Kannschd ned uffbasse Du Narrebeidel?"

De Männel kreicht: „Ich wa zuerschd do, mir hänn do driwwe schun e ganzi Zeidlang gschdanne"

„Mach blos, dass jetz glei hinnedra kummschd Du Olwerdolwer"

Hinnedra hod schun widder jemand gedränglt.

„Alle schön der Reihe nach junger Mann, ich hatte mich hinter diesen Herrn angestellt"

Dem Männel isses jetz zuviel worre. Er dreht de Karre rum un will widder an soin alde Platz.

„Liebe Kunden, Kasse zwei schließt"

Un unsern liewe Kunde Männel schennt wie en Rohrschbatz. Als se dannendlich an de Kass waren, hod vor ihne noch Fraa e halwi Schdund in ihrm Geldbeidel nooch Klägeld gsucht.

„Mir langts", hot de Männel gflucht, „sneggschde Mol gehschd allää oikafe. Was gibtsen heid zum Middachesse?"

„Ach Gott, des hawwich ganz vergesse, ich hab nix dehääm, do heddenmer jo was oikaafe misse".

Erotik pur

Laud ännere Schdudje ligge mer jo mit unsere pälzische Schbrooch, was do jetz die erodische Unnerhaldung bedrifft, an allerletzschder Schdell. Also noch hinner denne Schwoowe un de Sachse. Blos ähner hämmer noch hinner uns gelosst, des sin die Saalänner, die sin iwwerhaubt ned genennt worre. Erschder sin die Bayern worre mid emme groosse Abschdand zu de Berliner.

Jetz nemmer mol den Ausdruck „I mag Di", des hääst im Rhoiland „Isch leev Disch" un in Sachse „Isch liebdsch", im hohe Norde drowwe bei de Friese saachense "Ik hou fan die" Ja un uff pälzisch, des hääst doch a „Isch liebe Disch" Wann des jetz hääse deet „Kumm her Mädl, mach kä Ferz", ja dann weer des unerodish

Un mid dem Thema Fraue un Erodisch kann ich Eich a was verzehle. Un des geht so:

Uff de letschde Tubbapatie, fer Männer die wo nedwisse duun, was des is: Des sin unkabutbare Kunschdoffschisselcher, die wo mer im Haushalt iwwernanner, uffenanner un a, wammer des will, newenanner uffschdelle kann. Middlerweile in alle mögliche Forme. Un all hänse en gemeinsame Zweck: Mer kann was noiduu…odder a ned.

Jetz is do änni vun den Werbedame vun Tubba uff Dessuus gewechselt. Un jetz hoddse die Dinger in de Wohnung vun de Getrud an de Mann, bzw an die Fraa bringe wolle. Un wie die Fraue akumme sin, hodden de Gertrud ihr Schwicherdochder, also die Jenna, erschdemol e Gläsl Prossego oder wie des Zeigs hääst, ageboode. Sozusache, um die bei Einische vun denne Fraue zu erkennende e bissel schichterni Schbannung zu loggere.

Die Werbedam hod a noch so e junges Ding als Model debeighabbt, weilse halt die Dinger ned selwer vorfiehre wolld un des bei emme junge Mädl a viel besser aussehe duud, vun de Gröss 38 bis 52 kammer sich dann alles beschdelle.

Nooch emme weidere volle Gläsl hänn sich e paa vun denne iwwerredde losse, doch emol selwer sowas azubrowiere. Un nooch ännere Schdund hänn dann alle mehr odder wenischer beschwipst un alle mehr odder wenischer ausgezooche in de Schdubb rumgealwert.

„Guggemol, määnschd des deed dann moim Karl gfalle?"

„Ich wees ned, ich weeses ned, wannisch e bissl junger weer"

„A Meiner deed sich doodlache, wann ich sowas mit hämbringe deet".

So isses hie un her gange un gekichert hännse wie sie Schneegäns. Un dann hännse gekaaft uff Deiwel kumm raus in alle Grösse un alle Faawe. Känni wolld hinner de anner sich als geizish zeige. Vum BH, iwwer halderlose Schdrimb bis zu de Schdrings un so raffinierde Nachtgewänder. Des dollschde devun hod die Lotte gekaaft, die wo seit neischdem Witwe is.

Die schun e kläbissl älder Berda hot gemäänt, sie noch ziemlich usicher, ihr Schorsch weer ja a vielleicht ganed dodefor, awwer sie kennts jo mol prowiere.

Un dann …. Ja un dann hod doch die Werbedam noch e Köfferche uffgemacht un do waren so Sach drin fer die Männer. Was hänn die Weibsleid gekichert, wiese des gseh hänn. Nää, kä geribbde Unnerhosse mehr mit linksseitlichem Oigriff. Do hots Ledderhösselcher gewwe mid vorne so em roode Bännel dro un wann dra gezooche hoschd, isse im Schritt vorne uffgange. Un weil ball

Woihnachde is, hots Nikolaiselcher gewwe, do hänn dann die Männer ihr beschdes Schdigg als Iwweraschung oipacke derfe.

Sis sicherlich kä Iwwerraschung, wann ich Eich verzehl, dass alle vun denne Fraue so e Ding gekaaft hänn. Un wann ich jetz mol denn oder de Sell uff de Schdroos laafe seh, schdell ich mer den mid dem Nikoläusche vor un lach mich schief un schebb.

Achso, ich hab noch vergesse zu erwähne, dass ich a so e Ding hab.

Dumm geloffe

Seid Johre schun geht de Frieder uff die Jacht. Dodezu musser midde in de Nacht uffschdeh, damidder dann friezeidisch uff de Hochschdand kummt. Soi Fraa is des gewehnt, liggt awwer doch oft, vielleicht zu oft, allää im Bedd un denkt sich, warum verbring ich bleedi Kuh die Nacht so einsam, wann de Frieder sowieso nachts ned do is. Sie bänneld diesbezieglich middem Gerdche a. Der wohnt blos drei Haiser weider, lebt seid e paa Monad allää un e Aach hodder schun immer uff dem Frieder soi Fraa ghat. Un dann isses kumme wies halt kumme muss. Wann de Frieder nachts fort is, hot sich de Gerdche roigschliche.

Heid wars widdermol soweid, de Gerdche hot gseh, wie de Frieder des Haus verlosse hot. Nix wie niwwer zu de Diana. So hotse wirklich ghäse grad so wie die Göttin der Jacht. De Gerdche hot grinse misse, wie er do dragedenkt hot.

Jetz hots doch in dere Nacht gschitt wases runner gekennt hot. De Frieder hot sich gedenkt, warum do im Rege rumhogge, sich de Hinnere abfriere, wanner dehääm e warmes Bettche hot. Also isser widder vun soim Hochschdand runergegrawwelt un hot sich uff de Hämweg gemacht.

De Gerdcher widerum is nochemol hääm, weiler vergesse ghat hot, de Fernseher auszumache.

Wie de Frieder dehääm wa isser zu seine Fraa ins Bett gschluppt un die hodden dann in Halbschloof gfroocht: „ Wie issensen drauß, regents noch?" Sie heert awwer dann als Antwort blos ebbes Undeitliches brumme.

„Gud, dassde doobischt, moin Mann der Idiot geht soga bei dem Sauwedder uff die Jacht".

Unnerm Siegel der Geschwätzischkeit

„Habbders schun geheert"? So geht's meischd los wann iwwer dieanner Leid getraatscht wird. „Ich verzehl Dir des jo nur, weil ich wääs, dassdes net weiderverzehlscht. Des muss awwer a unner uns bleiwe"

Solche Redensarte kennemer jo. Wand so ebbes unner die Leid brimge willschd, muschts blos em verzehle, ders Maul ned halde kann. Ganz egal, ob Mann odder Fraa. Die Sort gibt's jo iwweraal. Awwer weil des do en Mann schreibt, suchder sich nadierlich Fraue aus. Die Klemtner Lissl is e prima Beischbiel. Wann sich am Afang vun de Schdroos jemand de Fingernaggel abbreche duud, kannscht druff geh, dass die Lissl devor sorgt, dass am End vun de Schdroos desjenische de Arm ambudiert griggt hot. Klar, so ganz klennes bissel iwwwerdriwwe is des schun.

Die vorich Woch is die Fraa vum Dietriche Karl, des is der, der wo schun seit lebdaach Schnauzer hot. Ned im Gsicht, awwer im Zwinger! Also soi Fraa is halt gege soe Schdrooseschild gfahre. Ned weider schlimm un sis jo kämm was bassiert. Die

Lissl hod des midgriggt, is glei zu de Nochberin gerennt un dann isses aussere rausgschbrudelt:

„Wie ich do grad zufällisch hieguck, hawwich doch gseh, wie die Fraa vum Dietriche Karl wie wahnsinnich um die Kurv fahrt un dodebei des Schild umreisst. Dass die awwer blos immer so schnell fahre muss, ich hab gheert, awwer des derfschd uff kenn Fall weidersaache, dere Madam heddense vorsjohr schunnemol ihrn Fiehrerschoi abgenumme ghatt."

„Was issen do bassiert?" froocht die Millers Gret, die grad vorbeikummt.

„Des hetscht mol seh misse, wiemer die Lissl grad verzehlt hot, is doch die Fraa vum Karl ohne Fiehrerschoi do vorne gege des Schild gebrummt, beinoh hettse dodebei noch Meiers ihr Katz iwwerfahre".

Die Millers Gret hot dan in de Metzgerei die Neiischkeit iwwerbrocht.

„Schdelld Eich emol vor,, mir kennen jo froh soi, dass des so glimpflich ausgange is. Dem Karl soi Fraa is jo wirklich mit ihrm Audo, des wo se erschd geschdern gekaaft hot, in e Abschberrung noigfahre un hod sämtliche Verkehrsschilder die wo do gschdanne henn, umgfahre. Die Bolizei scheintere a sofort de Fiererschoi abgenumme hawwe. Un e Katz hotse dodebei a noch umgfahre. Nä, nä, dass die immer so rase missen, gell sin jo doch ned immer die Junge"

Owends beim Schdammdisch hänn sich denne ihr Männer gedroffe.

„Na Karl, gell, hoschdere kräfdisch die Mähnung gsaat, weilse Doi Audo zu Schrott gfahre hot?"

„Jo, des is alles halb so schlimm, die hot hald e Schild umgfahre, denn klenne Kratzer hawwisch schun widder weggemacht"

Ja un wie de Willi un de Josef dann so zamme hämgange sin, hot de Willi zum Josef gsaat:

„Sieschde, de Karl hod ganed zugewwe, dass soi Fraa sAudo kabuttgfahre hot"

Dumm gebabbelt is glei

Kla ersichtlich kehrt de Hannes die Schdroos. Kummt de Schorsch vun gegeniwwer agedabbt. Un was seggder?

„Heer Hannes, duuschd die Schdroos kehre?"

„Jo," seggd de Hannes, "ich kehr widder, smacht jo sunscht kenner"

„A, ich misst jo a mol widder kehre. Awwer s'is jo net alleweil dreggisch un des bissel Dreck wo do rumliggt, blost de Wind fort"

„Hajo un meischdens zu mir riwwer"

„Des kannschd awwer ned saache, skummt ganz druff a, vun wo de Wind herkummt, manchmol kummder vun do un annersmol vun do"

„Des hängt middem Mond zamme, des hawwich mol im Radio gheeert."

„Nää, des is blos am Meer. Do kummt emol die Flut middem Wasser un annersmol isses widder weg."

„A, do meschd ich ned wohne. Mir brauchen doch dauernd Wasser. Vorsjohr wars mol weg, des wa e schäni Sauerei, do hännses abgschdellt ghat."

„Jo, die machen wasse wollen, mit uns kennenses jo mache, mit werren jo ned gfroocht, die deeden besser gugge, wann do als widder änner zu schnell fahre duud. Awwer dodebei siehschd kenner vun denne"

„A , die hoggen blos in ihre waam Schdubb rum un machen nix – odder halt blos e bissel was."

„Ich hab geheert, dass de Meiern ihrn Hund deet iwweral hiescheisse deed. A die mechdisch mol verwische, dere deed ich was verzehle"

„Do hilft blos, die Hundeschdeier zu erhöhe, was meenschd wie die dann uffbasse deed, skann doch ned jeder hiemache wo er grad will."

„Wann ich als nachts middem Dormel häämgeh un mol rabble muss, derf ich des a ned uff de Schdroos mache. Wannde dodebei verwischt werschd, grigscht e Prodogoll, weil die sich dann öffentlich ärgere duun"

„Jo un die Briefmaage sin a widder deierer worre, weils Pordo uffgaschlache hod".

„Ich hab geheert, die breichtmer jetz ganimmi abschlegge, die deeden vun selwer babbe, frier hoschd doch dodurch glei gewisst, was vorne un hinne is"

„Jo, mir hänn wennigschdens noch schreiwe gekennt, die junge Leid tibben do alles in ihr Handy noi odder hänn dehääm en Kombjuder"

„Ach Gott, mir käm sowas ned ins Haus – a mer wääs jo ganed wer em do alles zuguggt."

„Wer sollen do alles zugugge?"

„A bis nooch Ameriga geht des, die griggen do alles mid, hännse im Fernseh gsaat"

„A die Ameriganer kennen doch ga kä Deitsch, die sin viel zu bleed dezu".

„So, swerd Zeid, dass ich widder noigeh, sunschd kenntmer mähne, mir hedden jo schdundelang gschwätzt".

Des is dn Gaschdbeidraach vun de
i Gerlinde Korstick
Ins Pälzische transleidet

En Mann, mir nennen ihn mol Pitter
Versschdeht es hier un do mol widder
Die Ärwet vun sich abuweise
Des bringt ihm in gewisse Kreise
Den Ruf oi, er wär viel zu faul
Genau so wie soin Kumpel Paul
Verriggt nooch ihm warn blos die Damen
Die wohl auf ihre Koschten kamen
Un die Moral vun der Geschicht
Faul derfschde soi -- nur dämlich nicht

De Löwemissionar

Jetz wääs ich jo ned, obmer zu emme Missionar armer Deiwel saache derf. Ich wags hald emol un winsch alle Missionare a langes Lewe.

Do is doch grad do so Änner vun denne uffm Weg durch die Sandwüschde gewesst. TschipieES hots domols noch ned gewwe, so dasser ball ganimmi gewisst hot, wo er is. Dauernd hodder die Schuh voller Sand ghatt un so ganz langsam isser a mol mied worre. Alla dann hodder sich hieghockt un e Raschd gemacht. Des hänn zwää Löwe gseh, die grad faul in de Sunn gelegge hänn. Oh, hännse gsaat, gehmer mol hie un guggen emol. Wie se neher kumme sin, hot de Goddesmann Angscht griggt. Un was macht en ängschdlicher Missionar Er fangt a zu bede:

„Oh Herr, ich ruf Dich an von Erden, lass aus den Löwen Christen werden"

Wie dann die zwä Viehscher neher kumme sin, isser halt in Ohmacht gfalle. Nooch vielleicht zeh Minudde isser widder zu sich kumme. Do hodder gseh, dass die Löwe newer ihm ghockt hänn und die Vorderpfode wie zum Gebet iwwerkreizt.

„Oh Herr", hod de Missiona gsaat," ich danke Dir, Du hast micht erhört, die beiden Löwen sitzen friedlich da und scheinen zu beten"

„Das freut mich", sprach der Herr. „Was beten sie denn?"

„Komm Herr Jesu sei unser Gast und segne was Du uns bescheeret hast".

Zoff im Seniorenheim

Wann Männer im Heim mid debei wohnen, will Änni immer die Schenscht soi. Im Senioreheim „Alles Friede" wa des die Klara. Ihrn Pullover wa immer e Nummer zu klä. Sie wolld hald immer noch wie so e Sexbomb riwwerkumme. Na ja, miedertechnisch hotse e bissl noochgholfe, awwer sunschd hots schun noch gebasst. Daachsiwwer zumindescht. Gut, nachts isses halt e bissel nooch unne verrutscht, awwer des hod jo känner gseh.

Doch dann is uff ämol so em Neie oigezooche. Friedel hotter ghässe. Der wa vielleicht aus emme besondere Holz gschnitzt. Moi liewer Scholli. So änner mit ganz schaafe Biggelfalde in de Hosse, die Hoor gscheidelt un geglänzt hänn die wie e Schbeckschwaad. Uff hochdeitsch seggd mer zu denne glawisch Hageschdolz odder so.

Des hod Uruh gewwe unner de Fraue. Moi liewer Mann ! Die Klara is ausgflippt. Jetz hoddse en Rock agezooche, den hodse glei owwe e bissel oigschlache, dasser kerzer aussieht.. Awwer die Konkurenz hod ned gschloofe. Do wa jo noch die Minna. Die hot ihrn Rollador genumme, is vor zu de Drogerie un hot sich glei e Parfün gekaaft.

Beim Frieschdigg hotse dann die Schnawweltass weggschdellt un hot sich e normali Tass gewwe losse.

Un wie der Neie kumme is, wa blos noch än Platz zwische de Minna un de Klara gewesst. Er hot höflich gfroocht, owwer sich dezusetze derf. Die Klara iss e bissl rood ageloffe un wolld grad ja saache, doch do riggt die Minna zu de Klara hie un seggt:" Doo newe mir, hännse mehr Platz, ich bin jo ned so dick wie die do newedra". Änszunull fer die Minna ! Owends dann beim Mensch ärger Dich net, hot sich die Klara awwer gerächt. Die hot immer blos die Minna nausgschmisse un ganz hinnergrindisch gsaat, dass so e uffdringliches Pafüm, wammer des de ganze Daach am Körwer hot, sich mit Schweiß vermenge deet un rischdich uffdringlich weer.

Am neggschde Daach is dann de Hoorschneider kumme, wie immer ämol in de Woch. Diesmol wa en Adrang, jedi hot en Sonderwunsch ghat wie Schdrähncher un so Zeigs.

Am Nochmiddach wa so e Art Danztee. Fer die paa Männer, die jo a im Heim gewohnt hänn, normalerweise e Qual, weils jo viel mehr Witwe gibt als wie Witwer. Heid awwer ned. Die hänn sich all uff den Neie gschderzt. De Klara ihrn Buse wa noch höher gschnallt, die Minna hoddem Kekselcher ageboode un die Frieda hoddem verzehlt, sie hed jo frier soo gern gedanzt un owwere ned de Tangowiegeschritt nochemol zeige kennt, ja un die Bärwel hoddem ins Ohr gflischdert, dasse doch schun lang nimmi mit so emme nedde Mann gedanzt hedd.

Uff ämol is die Schweschder Gredel kumme un hod zu dem Mann ebbes gsaat. Der is äfach uffgschdanne un hot die Danzerei glei verlosse. Lauder enteischde Gsischder!

„Wo issern hie"?, hod die Klara die Pflegerin gfroocht.

„Der kann noochher in soi Dobbelzimmer umzie, soi Fraa kummt glei un die brauchen jo kä zwä Zimmer", hot die Schweschder gegrinst.

Am neggschde Daach hännen die geschdriche Verehrerinne verachdungsvoll ageguggt, die Minna hot sich iwwer des deiere Parfüm geärgert un die Klara hot widder normal atme kenne, ohne Rüschdungspanzer.

De Hochzischdaach

„Hochzischdaach, wann ich des schun heer," hot die Frieda gemault. Grund dezu hotse ghatt. Sie wollt ihrm Altargschenk mol widder gfalle un mol e bissel mehr Pepp in die fascht oigschlofene Schlofzimmertätischkeide bringe. Un sie hot sich ihrer Mähnung nooch, viel Mieh gewwe. Neilich beim Friseer, der nennt sich jetz Haircutter, hot die Frieda e Illuschdrierdi in die Hand griggt un do hot in ännere Iwwerschrift gschdonne: Wie bring ich wieder mehr Aktivitäten in meine Beziehung. Den Artiggel hod die Frieda in sich noigfresse un der hotse dann nimmi losgelosst. Erschdemol hodse sich die Hoor färwe losse. Ned irgendwas, nää, sondern Indiansummer hot des ghääse. Im Ardiggel hot gschdonne: Diese Farbe brennt sich in das Herz Ihres Partners. Wie er dann hääm kumme is, hotse erwartungsvoll in de Dier gschdanne un hot ihr Hermännche agelacht.

„Wie siehscht Du dann aus, grad so wie die Oma vum Pumuckel."

Des hot dann die Frieda erschdmol klaglos weggschdeggt. Sie hot blos de 20. Ogdower im Blick ghatt, den gemeinsame Hochzischdaach.

Der sollt rischdisch romandisch werre un sie will alles du, dass des a so werd. Im Subermarkt hotse Schambus oigekaaft, die Kassiererin hot gsaat, der weer legger un deed schmegge wie Schampanjer. Die Frieda hot sich zwa e bissl gewunnert, dass e Kassiererin Schmapanjer drinke duud, awwer des wa glei widder vergesse. Vun ihrer Freundin hot sie die Frieda e CD geliehe mit dem Titel „Kuschlrock zum Verlieben". In dem Bericht wa a noch sowas gschdanne vumme erodische un verfiehrerische Parfüm. Blos e paa Drobbe devun hinner die Ohrchen, unner die Armbeuge un in die Kniekehle. Deshalb hotse sich Veilcheduft gekaaft. Beinoh hedse ebbes vergesse, mer soll Teelichder uffschdelle un Roseblädder verdähle. Un im letschde Satz vun dem Ardiggel is dann gschdanne: „Das Überraschungsgeschenk für Ihren Liebsten sind Sie selbst, wenn Sie sich in einem hauchdünnen Neglischéé auf dem Laken räkeln". Dorufhie isse schnell in die Schdadt, hot sich e Brill uffgsetzt, damit se niemand kennt un is glei in so en Sexlade un hot sich so e Ding gekaaft. Des wa diefblau, mit Ausschnidd do wo er hiegheert un emme Schlitz nuff bis mer wääs wohie. Un des hot die Frieda dann wannse allää wa immer widder geiebt, wiemer jo mid so emme

Ding uffm Lake räkelt.Blos gfrore hotse in dem dinne Ding, awer de Hermännche werdse schun wärme, wanner dann kummt.

Un dann geschdern endlich, do warer de grose Hochzischdaach. Die Frieda is morgens ganz gege ihr Gewohnheid als Erschdi aussem Bedd un hots Frieschdigg gemacht. Aschliessend isse leis ins Schlofzimmer:

„Hermännche uffschdeh", hotse lieb gsäuselt,de Kaffee is ferdisch"

Dann wa alles wie immer. Blos e mufflisches „Gudemorche, wo is die Zeidung?". Des was dann middem Hochzischfrieschdigg. Middachesse is ausgfalle, weil de Hermann zum Schbortverein gemissd hot zu ännere wichdische Sitzung. Des wa de Frieda grad recht. Sie wollt jo die Romatik vorbereide, de Hermännche werdere um de Hals falle. Un vielleicht soga noch e bissele mehr. Un sie hod alles so hergericht wies in dem Ardiggel gschdanne hot: E Menge Roseblädder, Schampus, Teelichter im Wohn- un Schlofzimmer, ach ja un…Kardoffelsalat.

Wie dann de Hermann häämkumme is, hot die Frieda total neglischeeverfiehrend im Dierrahme gschdanne un hod die erodischverfiehrende Worde gschbroche:: „Hermännche, willschte e bissel Kardoffelslat"? Nadierlich wollder nix, weiler jo schun im Vereinsheim ned blos e bisssel viel gedrunke un a e bissel was esse gehabt hott. „Ned sauer werre", hod sich die Frida gsaat, „des wird schun".

De Hermännche hod mid emme bissel glasische Bligg gfoocht: „Wie siehscht Du dann aus, was sollen der bleede Fummel, tritscht jetz im Zirgus uff"? Langsam, gaaaaaaaaaanz langsam isse sauer worre, die Frieda.

„Wäschd Du dann ned, was heid ferren Daach is"? hotse afange zu heile.

„Na kla wäss ich des" hod ihrn Mann gsaat, "heid schbielt Deitschland gege Idalie, holmer mol e Bier, ich hogg mich derweil uff die Coauch.

Un do wase dann wirklich sauer, die Frieda.

Uffm Fußballplatz

De meischd beschdichene Berg in de Palz is de Betzeberg. Awwer sgibt jo ned blos de EFCEKA. Woannerschder wird a gekickt. Un manchmol a ned viel schlechder. Trotzdem, wann schun-dann schun! Also nuff zum Betze!

Dem Karl soin Nochber hot dem Heiner sei Fraa iwwerredt, emol mitzugeh uff de Schbortplatz. Heiner's Fraa hod jo schun immer e bissel druff geacht, was de Karl fer Winsche hed. An soine Aache hotses jo ablese gekennt, awwer soweit wollste jetz a ned geh. Awwer ins Schdadion ? Warum ned? De Heiner hot dann a ned NÄÄ saache kenne un hod sich in soi Schiggsaal gfiegt. Awwer nur Schdehplatz, weil en Sitzplatz is viel zu deier fer so jemand midzunemme, der awwer sowas vun wennich Ahnung hot vum Fußball. Des hod awwer widerum dem Karl soiner Fraa ned gfalle, also Sitzplatz! Punkt um!

„Wer schbielden iwwerhaupt", hänn die Fraue gfroocht.

„Am Samschdaach schbielt Schalke", wa die Antwort.

Jetz wollden die zwä Fraue ihre Männer en Gfalle du. Im Inderned hännse sich blauweisse Schals un blauweise Kappe gekaaft, dezu e blauweissi Fahn. Un die Sell vum Heiner hot soga noch blauweissi Beddwäsch gekaaft. Vielleicht hilft des! Wie des de Karl un de Heiner dann gseh hänn, sinse ball ausgflippt.

„Des kennder uff känn Fall azieh, mir hoggen midde unner de Lautrer Fäns, awwer die hänn rotweiss"

Awwer des wa denne Dame egal, gekaaft is gekaaft un was mer gekaaft hot, wird a agezooche. Unser zwää Helde hänn dann in de saure Abbel gebisse un die Zwä hald midgenumme. Schun unnerwegs sin die Fraue agepöwelt worre, sodass de Karl un de Heiner so gedu henn, als wann die Fraue ganed zu ihne geheere deeden. Un wiese dann uff ihre Sitzplätz waren, isses rischdich rund gange.

„Wo habbdern die Zwää uffgegawweld Ihr Verräder?" Des wa noch rischdich harmlos.

„Auszieh", hod änner gebrillt un sofort is de ganze Chor oigfalle: „Auszieh…Auszieh!"

„Des kennt Eich so basse", hot dem Karl soi Fraa gsaat un hod sich glei zu denne Krischer rumgedreht. "Vor Eich Knallkebb heddich mich ned emol ausgezooche wie ich noch jinger wa. „

„Des is awwer lang her", hod änner zurickgebrillt

Un dann hot endlich des Schbiel agfange. Shalke is glei in Fierung gange un die Dämlichkeide hänn gekrische un ihr Fähncher gschwunge. De Karl un de Heiner hänn sich gschämmt wie nix. Un wie änner vun denne Schbieler umgfalle is, weilen de Gegner e bissl am Ohr gezooche hot, hot de Heiner gekrische: „Des wa faul, des wa faul"! Soi Fraa hodden in die Seit geboxt:

„Des sin doch wohl kä Männer, die sich falle lossen, wannse am Ohr gezibbelt werren un sich dann glei am Bode wälzen. „Weichei, Weichei", hoddse noi gekrische

„Was häästen, des wa Abseits? Was issen des iwwerhaupt, wolld dem Karl soini wisse.

„Abseits is dann, wann blos noch änner vun de Gegner vorem Doormann schdeht"

„Awwer des gibt's doch ganed, der wird doch rumschdeh derfe, wo er will. „

„Ewe ned. Wann do änner vun hinneraus de Balle nooch vorne schießt, un en Schdirmer hinner de Abwehr schdeht, isses Abseits"

„Awwer des wa doch ga känn Schdirmer"

„Warum gehschden immer uff de Schbortplatz, wannde ganeddemol ganz genau wäscht, ob des en Schdirmer un ob des iwwerhaubt Abseits wa ? Un warum hotten der do drauss mit de gelwe Fahn iwwerhaupt gewunke?"

„Des is de Linierichter, der winkt immer bei Abseits"

„Des verschdeh ich net. Der hed doch frier winke kenne, do hed doch der Schbieler gewisst, dass Abseits is"

Da Karl hots uffgewwe.

„S`wa en bleede Gedanke vun mir die Weiwer midzunemme"

De Jammerlabbe

Wie klingt des ach so jämmerlich

Wann jammre duud de Friederich

Mol bassdem was – dann widder net

Mol is zu macher – mol zu fett

Mol is zu hääs – dann is zu kalt

Die is zu jung – die is zu alt

Des is zu steil – des is zu flach

Des is zu leis – dann zuviel Krach

Des is zu schää – des is zu hässlich

Bei dem is Jammern unerlässlich

Mol hörder schlecht – dann isser daab

Mol in die Urn – un mol ins Grab

Mol geht's zu schnell – mol musser waade

Mol zahlder bar – un mol in Rade

Um so en Kerl mach ich en Boge

Der is verzichtbar ungeloge

Am Fahkaadeaudomaad

Bischd in letschder Zeit schunnemol widder mid dem Bus odder de Bahn gfahre? Do hoschder beschdimmt vorher am Fahkaddeaudomaad so en „Fahrberechtigungsschein" gekaaft. Des is jo ned ganz äfach. E schun älderes Ehepaa so e ganz goldisches, die sich an de Händ ghalde hänn, kummen irgendwie ned ganz zurecht. Sie wollen mid de Bahn fahre. De Schalder is gschlosse mid dem Hieweis, mer soll de Audomaad benutze. Dovorne schdehder. Also nix wie glei hie, inne Verdelschdund soll de Zuuch geh. Ja – un dann schdehnse do un sin uschlissisch.

„Hoschd Du Doi Brill debei?"

„Jo, awwer die hawwisch ganz unne in de Handdasch"

„Ohne Brill kann ich nix lese"

Ganz langsam Schdigg fer Schdigg roomd des Midderle dann ihr Handdasch aus. Zwischedurch falldere immer mol was runner un des dauerd e Ewischkeit.

„Du siehschd doch mid moinere Brill ganix"

„Jetz gebse mol her, des werre mer dann schun seh. Do schdehd, mer soll des Fahziel agewwe"

„A mir fahre zu de Kinner"

„Des will der Audomad net wisse, der will wisse womer hiewollen"

„Achso, na dann schreibs hald noi"

„Do sin jo die Buchschdawe ganz durchenanner, waademol do is des grosse G, dann i, dann e – ja un jetz kummt e schafes S, des gibt's do awwer ganed."

„Dann schreibs hald mit em s, der werd schun wisse, womer hiewollen"

„Do schdeht, er hed den Zielort ned erkannt un ich sollenen nochemol oigewwe. Wann doch awwer des schrfe s fehlt, kann ich des doch gaaned"

„Schreiwenses halt mit zwä s", hod der junge Mann hinerm gsaat.

„Jo, des kann ich mol versuche. Minna, der Mann do hinner mir hod gsaat, ich soll des mit zwä s schreiwe."

„A do schreibs doch endlich, schunschd fahrt uns de Zuch vor de Nas weg"

„Jetz will de Ausomad wisse mid wellem Zuch mir fahre wollen. Mit dere Regionalbahn im Verkehrsverbund, middem IC odder ICE"

„De ICE is de Schnellschde, hod der junge Mann hinner ihm widder gsaat"

„Minna, der Mann hinner mir hot gsaat, der ICE weer de Schnellschde."

„A dann fahmer hald mid dem"

„Erschder odder zwäddi Klass?"

„A zwäddi nadierlich, warum froogchden des?"

„Der Audomad will des wisse"

Middlerweil hot sich do e Schlang gebild, annere Leid wollen jo a noch Fahkaade.

„Immer die Alde, kennden die ned dehääm bleiwe", hod e jungi Fraa gemeggert.

„Minna, brauchen mir jetz a Platzkaade fer die Reservierung?"

„Hajo, do wissemer wenigschdens womer sitzen"

„Abteil odder Grossraum?"

„Was issen en Grossraum?"

Die Fraa, die wo vorhin schun gemeggert hot, kreischd hinneraus:

„A wann jeder so lang brauche deet, kännt ich jo laafe in dere Zeit"

„Do laaf doch", hod der Mann vun hinnere gsaat, schade kennder des nix mid Doiner Figur"

„Jetz hawwisch Grossraum gedriggt, do hämmer mehr Platz, un jetz will de Audomad wisse, obmer blos hie odder a widder zurick wollen".

„Am besche, Ihr bleiwen glei dort", hot die vun dohinne widder gemeggert.

„Des koschd 46 Euro plus Zuschlach, des sin 52 Euro"

„Hoschd soviel debei?"

„Haijo, ich muss awwer erschd noch wechsle geh"

Der nedde Mann hinner ihm hot gemäänt, der Audomad deht a Schoi nemme odder mer kennt a mit Kaad bezahle.

„Mit was fer ännere Kaad", hod die Minna gfroocht, "mir hänn doch noch ga kä Kaad, die hot doch der noch do drin im Ausdomad"

Ihrn Mann hod e bissel uschlissisch geguckt, do is uffm Display kumme: „Aus Sicherheitsgründen wird der Vorgang beendet, bitte starten Sie mit neuer Eingabe"

Hinner denne Zwä is jetz blos noch gflucht un gschent worre, was des Zeigs herkalde hot.

Do hod dann en junge Mann, so ugfehr um die fuffzeh, sechzeh Johr die Schlang iwwerholt, is nooch vorne gange un hot zu dem Verzweifelde gsaat.:

„Gehnse mol weg, kummense her, ich zeig Ihne des"

In zwä Minudde wa die Sach erledischd un de ältere Paar hot glicklich die Fahkaade genumme.

„Also so en Dreggbangert", hot die hinneraus gekrische,"hed der ned glei helfe kenne?"

Jetz weer des Bichl eigentlich ferdisch. Awwer, weil Ihr so brav waren un hen bis doher gelese, mach ich noch e Zugaabe.

Vorher missder awwer a +noch wisse , dasses noch e anneres Bichl vun mir gibt:

„Makaweres fer Unempfindliche"

ISBN 9 783739241340

Un Ihr werren lache: A des gibt's zu kaafe

Wer ich bin wollder a noch wisse ?

A de Pälzer Wolfgang Käser grad ä Johr vor soim Achtzigschde, lebhaft ja un immernoch in Ludwigshafe.

Un e Houmpäätsch hawich a:

Prima gepflegt vun de Gerlinde Korstick

www.käserkorstick.jimdo.com

Un nochwas: Buche kennder mich a zumme Vordraach odder ennere Lesung un wanner Geld genuch habt, bring ich soga Mussik mit

Zugaabe

Im Waddezimmer hoggense so rum. Un waaden. Un waaden . Un waaden. Un waaden. Meischdens isses muksmeiselschdill, e paa bläddern in uralde Zeidschrifde , die annere wo do sin guggen blos schdumpfsinnich vor sich hie. S`gibt wie so en Klingelton aähnlich wie im Subbermaagd un uffm Bildschirm erscheint irgend en Name. Die Kepp schnellen nooch owwe, die odder der die wo grad uffgerufe worre sin, gehen naus un schun widder is Ruh im Raum. Diemol awwer ned lang."A die wa doch awwer viel schbeeder kumme als wie ich. Warum issen die schun draa?. Ich geh mol naus un frooch". Un all heerense wiese drausse froocht:" Warum issen die vor mir drakumme, die is doch viel schbeeder kumme als wie ich?" Die an de Ameldung hot gsaat, des weer schun in Ordnung, die Fraa greecht blosemol e Schbritz. „Achso, na dann". Ja un dann isse widder roikume un hot denne annere Leid, die jo alles mitgriggt hawwwen, verzehlt: „Die do drauss hot gsaat, die Anner griggt blos e Schbritz

Un die Leit hänn wieder schdill im Waddetimmer ghockt un waaden. Un waaden. Un waaden.

Do is uff ämol de ehemalische Vorschdand vum Gsangverein roikumme. Ohne dezu uffgfrodert zu werre, hodder sofort agfange zu babble, er hedd jo e Schdimmbänderdehnung un des deet jo bei ihm so ganed geh, wo er vielleicht doch morgeowend im Konzert mitsinge mist. Er hot sich bei de Leid rumgeguggt, awwer känner hot reagiert. „Was henn Sie dann", hodder soin Newemann gfroocht.

„Ich bin wegge nix do", hodderm zur Antwort gewe, weil er ga kä Luschd uff e Gschbrääch ghat hot. .

„Sie sinn wegge nix do? A deswege gehtmer doch ned zum Dogder."

„A doch, ich seh nix, ich heer nix, ich glaab nix"

„Nix ?"

„Nix !"

De Anner hot nix mehr gsaat. Un de NIX a ned.

Un die Leid hänn doghoggt un gewaade. Un gewaade. Un gewaade.

So un jetz is endlich Schluss

Weils jo mol ferdisch werre muss

Viel Zeit is mer ned gebliwwe

Drum hawwich jetz schnell fleisisch gschriwwe

Jetz werd des zum Verlach hiegschiggt

Wos a nochwas zu due gibt

Un dann Ihr Leid häästs dabber laafe

Nix wie hie un glei Äns kaafe